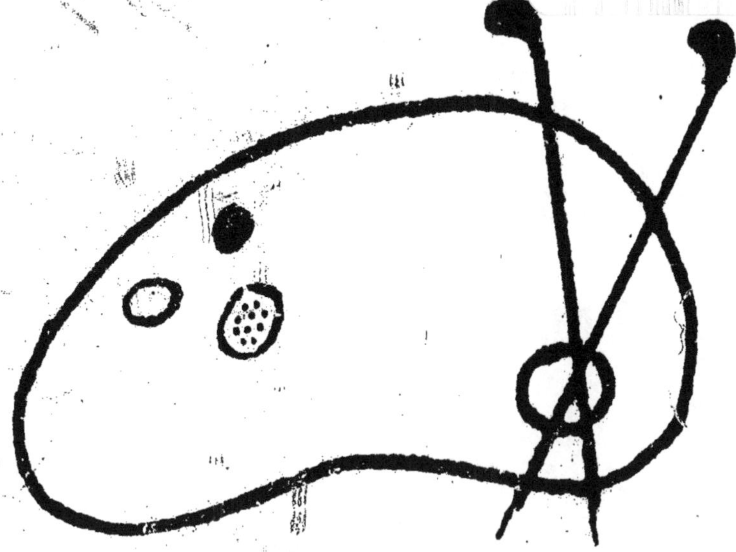

Couvertures supérieure et inférieure
en couleu.

PHYSIOLOGIE
DU JOUR DE L'AN

Par L. Couailhac.

Dessins par Henri Emy.

PARIS,

D. BOCQUET,   PALAIS-ROYAL,

u Bourse, 13.   Chez tous les Libraires.

PHYSIOLOGIE

DU

JOUR DE L'AN

PAR L. COUAILHAC.

Dessins d'Henri Emy et Lorentz.

PARIS.

RAYMOND-BOCQUET, | PALAIS-ROYAL,
Place de la Bourse, 13. | Chez tous les Libraires.

1842

Introduction.

P REMIER de l'an, — jour si triste pour les uns, si beau pour les autres, — je vais essayer d'esquisser ta physionomie; et je te traiterai aussi bien que possible. Je te redoute trop, moi qui suis une de tes victimes ordinaires, pour ne pas me montrer indulgent envers toi ! Je ne te demande qu'une chose, c'est qu'il te plaise de me rendre la pareille. Ne m'envoie pas trop de nièces, pas trop de filleules, pas trop de pe-

tits cousins, pas trop de portières et de bonnes d'enfants.

Du reste, sans vouloir te braver, je te dirai que si ma plume laissait par hasard échapper quelque chose qui pût te déplaire, et qu'il devînt évident pour moi, vers le 15 décembre, que tu ne me fais pas bonne mine, je fuirais tes coups, si

c'est possible, et je prendrais la diligence avant le 1er janvier, pour aller passer un mois tout entier sur le sommet de quelque montagne de l'Auvergne,

— avec les ours du pays. Te voilà bien averti;
ne sois pas trop difficile sur les termes.

Et maintenant, ô Premier de l'an, laisse-moi
m'acquitter, avant d'aller plus loin, de l'une des
obligations les plus douces que tu m'aies jamais
imposées... Fais place, et permets-moi d'embrasser mon lecteur ou ma lectrice en lui souhaitant une bonne et heureuse année.

Lecteur, mon ami, je te souhaite de l'avancement si tu es militaire, de grands succès si tu es
comédien ou auteur, un fauteuil de président si
tu es juge, une gratification si tu es employé, et
le sommeil tranquille si tu es roi. Que ta santé
soit heureuse, ta femme fidèle et tes amis sin-

cères. Que veux-tu encore? Parle... la boîte à la malice est ouverte. Il ne m'en coûte pas plus à moi de donner qu'à toi de demander ; ou plutôt, fourre toi-même la main dans le sac. Et surtout, tâche de ne tirer que de bons numéros !

Et à vous, charmante lectrice, que vous offrirai-je ?

Puissiez-vous, mademoiselle, épouser ce joli petit cousin qui vous aime tant et que vous aimez tant ! Que Dieu ôte à votre père la pensée de donner votre main à ce ci-devant jeune homme qui a été son ami de collège et qui vous poursuit depuis deux ans de ses œillades assassines ! — L'année prochaine, si j'en crois mes pressentiments, Alfred vous conduira à Notre-Dame-de-Lorette en costume d'épousée ! — Êtes-vous contente ? Vous faites la moue... Me serais-je trompé ? penseriez-vous à un autre ? — Ah ! vous trouvez que c'est bien long d'attendre jusqu'à l'année prochaine ? L'année où nous sommes encore ne nous appartient plus, mademoiselle ; elle est hors du domaine de nos vœux. L'homme ne peut que désirer, il n'a pas la puissance d'accomplir. L'avenir est à nous, quoi qu'on dise : le présent est dans les mains de Dieu. Et combien de fois, hélas ! le présent ressemble peu à l'avenir que nous avions voulu ! — Patientez donc un peu, jeune fille ; encore quelques jours, et vous saurez, non pas tout ce que je pouvais, mais tout ce que je désirais pour vous.

Quant à vous, madame, conservez long-temps vos fraîches couleurs, vos dents si blanches et si bien rangées, votre taille si fine, votre pied si coquet — et l'amour de votre mari ou de celui qui

le remplace !

Je lui vole aujourd'hui un baiser ; mais les baisers du jour de l'an sont tout-à-fait sans conséquence.

Que me souhaiterai-je à moi-même ?

Ah !... que ce petit livre soit dévoré par trois millions et demi de lecteurs d'Asie, d'Europe, d'Afrique, d'Amérique, d'Océanie et de mon arrondissement, et que l'éditeur soit forcé d'en faire assez d'éditions pour qu'avec les exemplaires on puisse construire une nouvelle tour de Babel !

I

Coup de crayon préliminaire.

J'AIME assez à me faire le portrait des gens, — même des personnes, que je n'ai point vues. Cette habitude me donne une foule de connaissances que je n'ai jamais eues et d'amis que je n'aurai peut-être jamais. Souvent, la nuit, au lieu de dormir ou de me livrer à toute autre occupation plus ou moins agréable, j'arrête mon imagination sur un individu quelconque dont je ne sais que le nom, et à grands coups de crayon

imaginaires je m'amuse à esquisser sa physionomie. J'ai établi ainsi dans mon esprit, et pour
mon agrément personnel, le type de plusieurs
centaines de personnages morts ou vivants ; j'ai
déjà en magasin, Alexandre-le-Grand, Mme La-
farge, Abdul-Meschid : Trajan, l'empereur Nicolas, Papavoine, César, Don Pédro, Abdel-Kader,
la belle Ecaillère, la bergère d'Ivry, Ponce-Pilate,
Galimafré, notre père Adam, le Petit Manteau
Bleu, Méhémet-Ali, la mère Moulin; et ma collec-
tion augmente tous les jours. C'est déjà une véritable exposition de figures de cire.

Je ne m'arrêterai pas à vous donner ici, à la
plume, les portraits fantastiques de tous ces
messieurs et de toutes ces dames, cela pourrait
vous ennuyer beaucoup — et moi aussi. Je me
permettrai seulement de vous dépeindre en deux
mots les traits sous lesquels, dans une nuit de

II.

Relativement aux portières.

A différence que l'on a signalée dans l'attitude du portier vis-à-vis des locataires, pendant les onze premiers mois de l'année et pendant le dernier, est d'une vérité éternelle. Elle a déjà donné naissance à bien des tartinettes dans les petits journaux, à bien des articules de mœurs. Moi-même je me reconnais coupable de quelques coups de plume sur ce sujet-là dans le *Charivari* et ailleurs.

décembre, nuit d'angoisses et d'attente pénible
m'est apparu le Premier de l'An, qui est aussi, lui
un personnage historique.

Son corps est divisé en deux parties parfaitement égales, dont l'une appartient à un homme et
l'autre à une femme ou à un enfant (ne vous préoccupez pas du phénomène, ce n'est qu'un rêve).
D'un côté sa figure est soucieuse, de l'autre,
du côté-enfant, elle est toujours gaie; d'une
main il donne toujours, de l'autre il reçoit sans
cesse. Ses deux poches sont ouvertes, l'une
pour laisser sortir les cadeaux, l'autre pour les
engloutir. Il est chargé de boîtes de bonbons, les
unes pleines, les autres vides, — de jouets, de
bijoux et autres colifichets.

C'est Jean qui pleure et Jean qui rit, chargé
comme trois dromadaires.

Je vous donne ce portrait pour ce qu'il vaut.
Si vous en avez un meilleur à ma disposition,
écrivez-moi *poste restante.*

Mais parce qu'une chose a été dite , est-ce une raison pour ne pas la redire? Où en serions-nous, grand Dieu! si ce principe était rigoureusement appliqué! Je me risque, je me lance, je pique une tête. Que ceux qui n'ont jamais répété ce qu'eux-mêmes ou d'autres avaient déjà dit, me jettent la pierre : je suis sûr de n'être pas lapidé.

Il vous est sans doute arrivé, monsieur, d'avoir une portière acariâtre,— une portière qui dit que vous n'y êtes pas lorsque votre maîtresse vient

vous rendre visite, et qui a soin de laisser monter vos créanciers, — une portière qui grogne, lorsque l'hiver vous ouvrez sa porte pour allumer votre rat-de-cave, — une portière qui refuse de vous monter vos lettres et vos journaux, — une portière qui cancane dans le quartier, lorque vous ne faites pas venir au moins deux voies de bois sur la fin de l'automne, — une portière qui se plaint au propriétaire toutes les fois que vous rentrez après minuit, — une portière qui, par une pluie battante, vous laisse dans la rue pendant un bon quart d'heure, parce qu'elle sait que vous êtes sorti sans parapluie, — une portière, enfin, qui vous apporte votre quittance le 8 avant six heures du matin, dans l'espérance de vous surprendre en flagrant délit d'absence d'argent et de pouvoir en bavarder tout à son aise.

Cette physionomie est malheureusement trop commune. — Les petits savent se servir de tous les moyens qu'ils ont à leur disposition pour tyranniser à leur tour ceux qu'ils croient moins malheureux ou plus heureux qu'eux, — et auxquels ils portent envie. Ce sont de véritables représailles, — représailles qui, si jusqu'à un certain point elles ne manquent pas de justice, manquent au moins de charité. Il y aurait un gros livre à faire sur cette tyrannie exercée par les petits contre *les grands*, — depuis le garçon de café qui vous fait demander dix fois une bouteille de bière, jusqu'au cocher de fiacre qui, après vous avoir déposé sur le trottoir, vous éclabousse en passant pour bien protester contre votre supériorité. Mais nous ferons ce livre-là une autre fois.

Revenons à notre thèse.

Voyez votre portière acariâtre pendant la dernière quinzaine de décembre :

Sa figure s'est déridée ; un large sourire allant d'une oreille à l'autre, un sourire à poste fixe, égaye sa physionomie. Elle vous fait des révé-

rences quand elle vous rencontre dans l'escalier.

elle vous éclaire jusqu'à votre carré, elle vous demande des nouvelles de madame votre mère et de monsieur votre oncle, elle vous remet vos lettres aussitôt que le facteur les a apportées, elle vous ouvre la porte au premier coup de marteau, elle vous ramène votre chat qui s'était égaré, elle fait tout haut votre éloge à votre blanchisseuse et à votre porteur d'eau.

Ce n'est plus la même femme.

Mais ne vous hâtez pas trop de la prendre en affection... cela ne durera pas. Laissez passer les étrennes, et vous retrouverez votre mégère plus insupportable encore et plus cruelle qu'auparavant. Car quelque grande et quelque inespérée qu'ait été votre générosité à son égard, elle trouvera toujours que vous ne lui avez pas donné assez, —et l'amabilité naturelle de son caractère s'accroîtra de toute la rancune qu'elle en aura conservée contre vous.

Le meilleur conseil que j'aie alors à vous donner, mon cher monsieur, c'est de quitter la maison au plus vite. On n'est heureux à Paris qu'à la condition de déménager tous les ans : 1° à cause de la garde nationale, 2° à cause des portières.

Vous voilà averti. Maintenant tant pis pour vous s'il vous arrive malheur, ô monsieur.

III.

Relativement aux garçons de café.

ÊME observation que ci-dessus !

Ordinairement les garçons de café, avec leur chevelure en édifice, leur taille cambrée et leur cravate-carcan, affectent des petits airs dédaigneux qui leur vont fort mal. On dirait qu'ils s'estiment comme étant bien supérieurs à ceux qu'ils sont obligés de servir. Ils ne semblent vous apporter qu'à regret ce que vous leur avez commandé. Leur

regard est de haut en bas et leur servilité inso-
lente.

Mais entrez dans un café au premier de l'an :
les garçons ont déposé leurs manières rogues ;
ils sont complaisants et affables ; ils vous offrent le journal que vous préférez. Si vous êtes ré-
publicain, vous êtes sûr que le *National* sera
devant vous en même temps que votre bavaroise ;
si vous êtes ministériel, voilà le *Messager ;* au
légitimiste, la *Quotidienne ;* à l'homme qui a du
ventre les *Petites-Affiches ;* à l'amateur de scandale et d'émotions fortes, la *Gazette des Tri-*
bunaux.

Mais soyez tranquille… vous payerez tout cela…

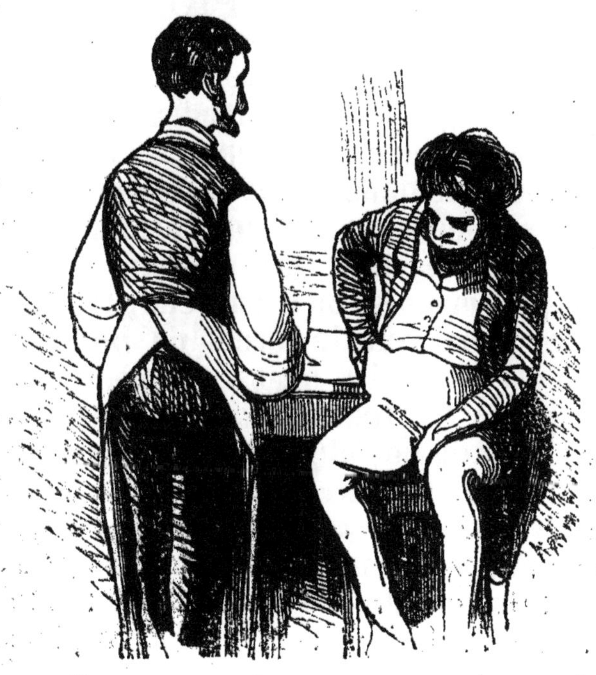

Voilà que l'on vous présente une petite corbeille

dans laquelle se trouve un cornet de dragées...
Si vous êtes habitué de l'endroit, vous ne pouvez
vous empêcher de mettre la main à la poche... Si
vous n'êtes pas habitué, vous avez peur de passer
pour un ladre, et vous mettez également la main
où vous savez !

Il y a des provinciales, qui ne connaissant pas les
usages de Paris, croient que le cornet de bonbons est une galanterie faite par l'établissement
aux consommateurs, et le mettent sans façon
dans leur sac ; elles sont tout étonnées ensuite
qu'on leur compte le prix du cadeau, et que leur
carte s'en trouve augmentée d'autant. Cet incon-
vénient aurait déjà dû être signalé dans le *Guide
du Voyageur à Paris.*

Les pingres et les avares, ceux qui connaissent
les résultats du cornet de bonbons, et qui les redoutent, se gardent bien de le toucher seulement
du bout du doigt. Ils aimeraient mieux ne pas manger une seule praline de leur vie, que de les payer
si fort au-dessus de leur valeur. Lorsque l'un de
ces pingres a amené un enfant avec lui, la gale-
rie jouit d'un spectacle fort curieux. L'enfant,
par une gourmandise bien naturelle, tourne sans
cesse les yeux vers le cornet de bonbons, et
cherche à y porter les mains. Le père, qui sait
qu'à ce jeu-là *qui touche mouille*, n'est occupé
qu'à éloigner de lui l'objet de son attention. Cette
comédie dure ordinairement jusqu'à ce que les
rires de l'assemblée avertissent le plus vieux des
deux acteurs qu'il est temps de baisser la toile et
de battre en retraite. L'enfant sort en pleurant

et le père en maudissant la gloutonnerie du jeune âge.

Après le 15 janvier, le café rentre dans son état naturel. Les garçons sont tout aussi gourmés qu'auparavant, et ils reçoivent plus mal encore que de coutume les habitués qui n'ont pas été assez généreux, ou ceux qui ont cru devoir, par mesure d'économie, s'exiler de l'établissement pendant une quinzaine.

Cette dernière tactique est des plus maladroites. En l'employant on ne fait que révéler son avarice, et donner aux garçons l'occasion de prendre leur revanche. Est-ce qu'ils n'ont pas mille moyens de vous martyriser lorsque vous revenez au bercail? — Ils rient entre eux lorsque vous entrez ; — ils vous servent le café froid ; — ils font semblant de ne pas entendre lorsque vous demandez un journal ; — ils font tomber votre chapeau en passant; — ils vous laissent entre les mains votre parapluie tout dégouttant de pluie ; — ils donnent à un autre, comme par mégarde, votre paletot tout neuf et vous en laissent un vieux à la place.

Croyez-moi, si vous êtes assez possédé de l'amour des caisses d'épargne, pour refuser de payer un tribut auquel personne ne devrait se soustraire, changez de café tous les ans, et n'allez pas vous remettre de gaîté de cœur entre les mains de vos bourreaux. Je vous dis cela dans l'intérêt de votre santé.

Je connais un vieil Harpagon qui a déjà fait ainsi une grande partie des cafés de Paris. Il va

prendre, dans ce moment-ci, sa demi-tasse à près
d'une lieue de son domicile. Il demeure Place-
Royale, et fait tous les soirs le voyage de la rue
de l'Odéon. Il use ses souliers, ses jambes et sa
poitrine ; mais au jour de l'an il s'épargne la
douleur de donner une pièce de quarante sous
aux garçons de café.

I V.

I vous êtes suscep-
tible de figurer
dans les rangs de
la milice citoyenne,
vous devez déjà connaître tous
les inconvénients auxquels cette
institution nous expose.

1° Acheter un uniforme ;

2° Se coiffer d'un bonnet à
poil, si l'on est bel homme ;

3° Quitter son vêtement ordinaire pour se déguiser en tour-
lourou citoyen ;

4° Perdre tous les mois une journée d'affaires

ou de plaisir pour la passer au corps-de-garde :

5° Passer également une nuit dans le même corps-de-garde, — sur un lit de camp, — tout habillé, — loin de sa femme, — nous répétons : — loin de sa femme ; — et nous n'en disons pas davantage ; seulement nous voudrions trouver une inflexion de voix *Arnalesque* pour faire valoir le mot.

6° Monter la garde devant la mairie, ou à la porte des cuisines de M. de Rambuteau ;

7° Patrouiller par une pluie battante, et se colleter avec des ivrognes, qui vous font rouler avec eux dans le ruisseau ;

8° Passer devant sa maison, à minuit et demi, et voir deux silhouettes amoureuses se dessiner sur les blancs rideaux de sa chambre à coucher ;

9° Etre condamné, par le conseil de discipline, à quarante-huit heures de haricots, pour avoir été faire une partie de dominos, pendant sa faction ;

10° Aller aux funérailles de Napoléon, ou à toute autre cérémonie, par un froid de dix-neuf degrés, et revenir avec un doigt du pied gelé, et un bras droit sans connaissance ;

11° Accompagner la voiture du roi jusqu'à Neuilly comme garde national à cheval, se jeter trois ou quatre fois par terre sur la route, à la grande joie des hussards ou des dragons de l'escorte, et arriver avec un cheval fourbu, éreinté, couronné, que le maître de manége auquel vous l'avez loué, vous fait payer quatre fois sa valeur;

12° Recevoir, en exécutant les mouvements de *portez arme*, la crosse du fusil de votre voisin dans l'estomac et l'extrémité inférieure de son sabre dans les mollets;

13° Tourner par *le flanc droit* quand on a

commandé par *le flanc gauche*, et être forcé d'accepter à bout portant les sarcasmes de tout un bataillon d'infanterie réuni dans la cour des Tuileries ;

14° Etre commandé par son cordonnier ou par son concierge ;

15° Rester enfermé, pendant vingt-quatre heures, dans un poste sans boire ni manger, parce que la police croit savoir que l'anarchie va encore une fois relever sa tête hideuse, — et puis apprendre que la police s'est trompée et rentrer chez soi dans un état tout-à-fait délabré.

Eh bien, mon cher concitoyen, si vous n'êtes que de la dernière réquisition, si vous ne faites partie de la garde civique que depuis un an, vous ne connaissez pas encore l'un des plus grands agréments de cette admirable institution.

Au 1er janvier, vous êtes arraché au sommeil dès sept heures du matin, par un horrible roulement de tambour. Vous vous réveillez en sursaut, croyant que le feu est à la maison ou que l'émeute en haillons se promène dans les rues. Ce n'est point cela... Votre femme de ménage vous rappelle avec un petit sourire agaçant qu'une nouvelle année vient de commencer, et elle vous apprend que ces tambours sont là pour donner une aubade à un capitaine-citoyen qui demeure dans la maison.

Vous vous recouchez, pestant contre le premier de l'an et contre les tambours... Imprudent, qui vous recouchez si tôt !... Votre tour va venir... A peine commencez-vous à vous livrer

de nouveau aux douceurs d'un dernier sommeil,
que l'on frappe de main de maître à votre porte.
Ce sont les deux tapins de votre compagnie, qui
se sont détachés de l'escouade et qui accourent
d'un air empressé pour vous offrir leurs vœux !

Ils entrent, se posent militairement, mettent
une main au schako, l'autre à la couture de la
culotte, et vous offrent un petit compliment écrit

sur papier à tête coloriée, et qui est à peu près
conçu ainsi :

Si tous les jours sur notre caisse
Pour vous nous faisons des ra et des fla,
Aujourd'hui notre cœur bat de tendresse
Vraiment encore plus fort que ça.

Cette poésie vous touche, et vous ne pouvez vous empêcher de tirer de votre escarcelle dix francs, qui ne tarderont pas à être dépensés au cabaret. La peau d'âne a toujours soif. Ne fait-elle pas un peu partie de la musique? Et les musiciens ont, comme les Polonais, la réputation d'être les plus fidèles servants du dieu Bacchus!

Ne vous recouchez pas, malheureux, ne vous recouchez pas! Il faudrait vous lever de cinq minutes en cinq minutes! Voilà la kyrielle des souhaits qui vous arrive!

D'abord, c'est votre femme de ménage qui se jette à votre cou, vous force à l'embrasser et vous caresse désagréablement le menton avec ses moustaches; ci. . . . . 15 fr.

Puis, c'est le porteur d'eau qui vous salue en Auvergnat, et, dans son embarras rustique, vous marche sur le pied avec ses gros souliers ferrés (N. B., vous avez deux cors); ci. . . . . 5 fr.

Puis, c'est le facteur qui vous poursuit depuis quinze jours, sans pouvoir vous rencontrer, et qui vous offre son almanach de trois sous; ci. . 5 fr.

Puis c'est votre neveu qui est au collége, et qui vous apporte une pièce de vers latins; ci. . 10 fr.

Puis c'est le porteur de votre journal qui vous la promet bonne et heureuse; ci. . . 5 fr.

Puis c'est... Mais je n'en finirais pas si je voulais énumérer toutes les visites dont vous allez être accablé dans cette journée néfaste. L'addition aurait quelque chose d'effrayant, et j'ai toujours reculé devant les additions, surtout lorsqu'elles ne se faisaient pas à mon profit.

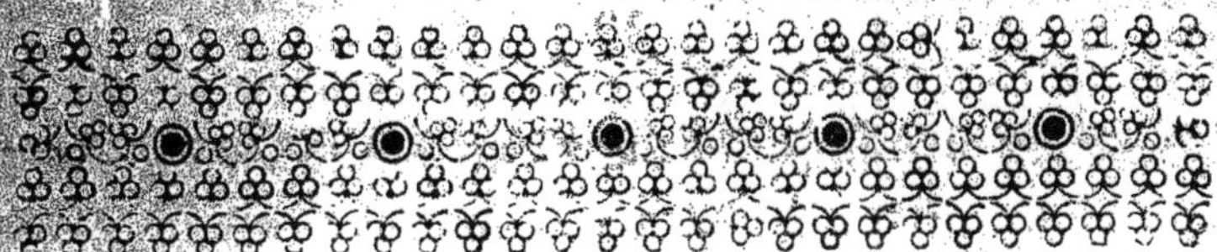

V.

Le jour de l'an des petits ménages.

DANS le grand monde, on trouve, le premier de l'an, l'occasion de se faire des cadeaux sans utilité réelle, de se donner des futilités d'un haut prix, des babioles coûtant gros.

La menue bourgeoisie a réduit le jour de l'an à une question de renouvellement du mobilier, de toilette, ou de garde-manger. On profite de ce jour-là pour *se re-*
monter un peu de tout. On remplace les manteaux

fanés, les brodequins usés et les porcelaines cas-

sées. Mais, pour conserver la tradition, chacun des deux époux fait semblant de donner à l'autre ce qu'il a, en réalité, acheté pour la communauté, — et quelquefois ce qu'il a acheté pour lui-même.

Il n'est pas rare de voir se passer, au 1ᵉʳ janvier et dans mainte alcôve parisienne, des scènes dans le goût suivant :

Il est six heures. Le mari se réveille le premier. Il jette un coup d'œil sournois du côté de sa femme, s'aperçoit qu'elle dort encore, fait un

petit mouvement d'impatience et remet la tête
sur l'oreiller.

Six heures et demie. — La femme se réveille
à son tour, jette un coup d'œil sournois du côté
du mari, s'aperçoit qu'il dort, fait un petit mouvement d'impatience et remet la tête sur l'oreiller.

Sept heures. La femme et le mari se réveillent
en même temps, lèvent la tête, se rencontrent
nez à nez, se mettent à rire, — puis s'embrassent.

Chacun d'eux a, la veille, caché ses petits cadeaux sous le lit — de son côté — et à l'insu du
conjoint.

La femme tire de la ruelle un chapeau rose, et
dit en battant des mains :

« Tiens… mon ami… vois-tu ce joli chapeau que je me suis acheté pour toi ! »

Le mari produit à son tour un gilet en cachemirienne, et dit en se caressant le favori :

« Amie… chère amie… vois-tu le joli gilet que je me suis acheté pour toi ! »

La femme montre un tartan anglais. — Même refrain.

Le mari met au jour un cachet de montre. — Même refrain.

Et ce manége continue jusqu'à épuisement complet des objets qui ont été achetés pour donner, pendant une année entière, un nouveau lustre au petit ménage.

Les enfants arrivent avec leurs compliments écrits par leur maître d'école. Ils se précipitent sur le lit en récitant, comme des perroquets, les sottes banalités de circonstance qu'on leur a apprises.

Le père et la mère pleurent d'abord de joie, — comme c'est l'habitude, — puis ils leur donnent des blouses, des casquettes, des demi-douzaines de chemises !

Voilà ce qui s'appelle entendre l'économie domestique et savoir faire marcher de concert l'ordre et les folles dépenses.

VI.

Le jour de l'an des lorettes.

Nous nous trompions tout-à-l'heure en disant que c'est dans le grand monde seulement que l'on a conservé l'habitude de donner, au jour de l'an, des futilités d'un grand prix; cette coutume s'est maintenue aussi dans un certain bas-monde : nous voulons parler du monde des Lorettes.

Toutes ces dames qui habitent entre la rue Laffitte et la barrière Blanche, ont la prétention d'imiter les dames du haut parage ; et comme celles-ci font dégarnir à leur profit, au jour de l'an, les boutiques des joailliers et des marchands de cachemires, les Lorettes se croiraient déshonorées si elles ne se faisaient pas couvrir de bijoux et de châles nouveaux du 1er au 15 janvier. Le 1er janvier ! voilà le moment que les protecteurs et les amants de cœur redoutent le plus ! Nous avons dit *les amants de cœur* ; que cela ne vous étonne pas. Jusqu'ici nous avions cru comme vous, que les amants de cœur étaient des êtres aimés pour eux-mêmes , et auxquels on ne demandait que des soupirs et des nuits d'ivresse; mais une Lorette, et l'une des plus expérimentées , nous a dernièrement détrompé. Dans un souper où nous nous trouvions , et où elle tenait le haut bout de la table, elle professa un cours complet de lorétanisme, et nous apprit qu'une véritable citoyenne de la rue Neuve-Bréda et lieux circonvoisins, avait ordinairement affaire à trois individus.

Nous nous récriâmes un peu contre le nombre; mais la Lorette nous prouva qu'il n'y avait rien d'exagéré. « Car, nous dit-elle, ces attachements sont de diverse nature, et ne participent pas tous de l'élément actif. Les uns sont de rapport, les autres de plaisir. Or, le plaisir seul fatigue quelquefois ; mais on reçoit toujours les cadeaux et les bienfaits sans que la main se lasse. »

Cette explication une fois admise, elle nous fit ainsi la portraiture des trois individus.

1° *Le Protecteur*, banquier, négociant en suifs, maréchal-de-camp du génie, receveur général ;

président de cour, qui donnait par mois une somme assez ronde, et se chargeait ainsi de toute la grosse dépense de la maison ;

2° *L'amant de cœur*, ou *Arthur*, membre du jockey-club, auteur, journaliste, fils de famille à ses débuts, peintre ou quart d'agent-de-change, qui payait les chapeaux, les robes d'été, les brodequins et les parties de campagne ;

« 3° (Je ne sais pas trop si je dois mettre le mot en circulation, mais enfin c'est de la statistique.) *Le Greluchon*, petite flûte de l'orchestre du Cirque-Olympique, étudiant en droit, qui n'a de ses parents que six cents francs par an, rapin d'atelier de quinzième ordre, clerc d'huissier, sous-officier de hussards, commis-marchand.

Le greluchon n'est forcé à aucun sacrifice, — bien au contraire.

Greluchon, — venant de *grelu*, — me semble un mot énergique bien trouvé, bien senti. J'ai cru devoir le recueillir pour l'instruction de la postérité. Ceux qui, dans quelques siècles, étudieront les mœurs de notre époque, me sauront peut-être quelque gré de ce soin. Je ne demande pas pour récompense le moindre monument dans ma ville natale.

Donc le protecteur et l'amant de cœur sont, au premier de l'an, les deux victimes de la Lorette. Comme elle ne les trouve jamais assez prodigues, et qu'effectivement à notre époque les bourses ne s'ouvrent qu'avec la plus grande difficulté, elle profite de la solennité pour leur extorquer un appoint raisonnable à son traitement plus ou moins régulier de l'année. Il n'y a pas de ruses et de manége qu'elle n'employe pour arriver à son but. Il lui faut non-seulement des cadeaux, hélas! que le Mont-de-Piété engloutira bientôt, mais il lui faut de l'argent, et de l'argent comptant : elle est toujours si besogneuse !

Voici le moyen qu'elle employe pour s'en procurer :

Toute Lorette a parmi ses connaissances les plus intimes une revendeuse à la toilette, espèce d'âme damnée qui se charge de billets doux pour elle, ménage les rendez-vous, lui achète ses parures neuves, lui cède, *au prix coûtant*, de vieux falbalas, et s'enrichit presque toujours à ce commerce. Le 31 décembre la revendeuse arrive au moment même où le protecteur est là ; elle étale ses marchandises. La Lorette minaude ; le

protecteur dépense mille écus, et après son départ, la revendeuse donne sous main quinze cents francs à la Lorette, et des bijoux faux qu'elle montrera à la place des bijoux fins qu'on lui a of ferts. — C'est de la spéculation en partie double.

Pour les Lorettes, le premier de l'an est un jour de pillage. Elles mettent à sec la bourse de leurs amis.

Autrefois les amants de cœur, pour se soustraire aux exactions annuelles de la Lorette, quittaient leur belle avant les étrennes, et ne s'attachaient au char d'une autre qu'après l'époque fatale. Mais cette ressource n'est plus à leur disposition depuis que les Lorettes forment une espèce d'association, dont chaque membre promet de venger et de regarder comme sienne l'injure faite à *une* autre membre. C'est ce qui fait leur force. Un Arthur qui serait aujourd'hui assez osé pour planter là sa Lorette, dans un moment aussi grave, serait aussitôt *brûlé* dans tout le quartier des amours, et ne pourrait plus y trouver une maîtresse. Or, comme il est de bon goût aujourd'hui d'aller chercher une maîtresse de ce côté-là, aucun Arthur ne s'exposerait de gaîté de cœur à pareille mésaventure.

Qu'est devenu le temps où un protecteur ne croyait pouvoir célébrer dignement le renouvellement d'une année de plaisirs, qu'en offrant à sa dulcinée le contrat de cession d'une terre ou d'un château ! Prince d'Hénin, maréchal de Saxe, Beaujon, et vous surtout, prince de Soubise, vous le père des Lorettes de votre temps, où êtes-vous ? Vous êtes remplacés par des marchands de peaux de lapin, et des dissipateurs qui *jouissent* de six mille livres de rentes ! Si vous pouviez revenir sur la terre, vous rougiriez de ceux qui s'appellent vos successeurs.

Votre souvenir arrache encore des larmes aux Guimard et aux Sophie Arnould de notre époque. C'est là votre triomphe.

Aujourd'hui, les Lorettes sont forcées d'aller chercher des Soubise jusqu'à Saint-Pétersbourg; encore ces Soubise-là commencent-ils à être un peu de contrebande. Ce n'est plus ce beau, ce grand modèle du dix-huitième siècle : l'avarice est à l'ordre du jour.

Les dieux s'en vont !

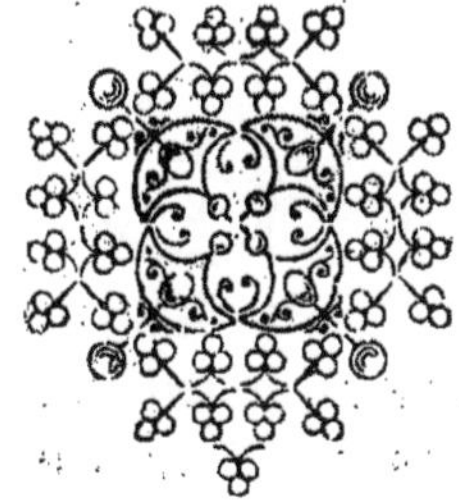

VII.

Les parasites.

MAINTENANT que toutes les fortunes sont morcelées, et que chacun vit pour soi net on pas pour les autres, il semblerait qu'il ne dût pas y avoir de parasites. Comment voulez-vous vivre sur le bien du prochain, lorsque personne ne met son bien en dehors? Aujourd'hui, pour pouvoir profiter de la fortune de ses voisins, il faut la leur prendre, car ils ne vous l'offrent pas. Mais, alors, on n'est plus un parasite, on est un fripon !

Le temps des parasites est passé aussi bien que celui des Soubise. Tout se tient dans ce monde, tout s'enchaîne. Quand la hache du démolisseur s'est mise dans quelque partie de l'édifice, il ne tarde pas à s'écrouler tout entier.

Pour trouver les parasites dans toute leur fleur, il faudrait remonter jusqu'au dix-huitième siècle. Alors, il y avait à Paris de grands seigneurs qui se plaisaient à exercer une noble et généreuse hospitalité. Confiants dans l'avenir, ils n'enfouissaient pas leurs revenus dans leurs coffres-forts, mais les dépensaient avec une prodigalité de bon goût. Il y avait alors, à Paris et à Versailles, cent tables ouvertes, où les gentilshommes, les gens de lettres, les artistes, trouvaient, sans avoir besoin d'une invitation régulière, un accueil bienveillant et cordial. Combien de parasites se glissaient parmi eux ! C'était leur beau temps ! Alors on était presque parasite par métier et par goût, et ce n'était pas prendre un mauvais métier, ce n'était pas afficher un goût méprisable, que de se mettre à vivre au milieu de la plus belle et de la plus spirituelle société du monde ! Grimm, d'Holbach, Diderot, l'abbé Prévost et tant d'autres étaient d'illustres parasites, et, ma foi, sauf l'indépendance individuelle, à laquelle je suis plus attaché qu'à la vie, je donnerais toute notre époque, avec son esprit étroit et ses vices mesquins, pour cette époque de grands seigneurs et de parasites aux allures si brillantes, à la teinte si fine, aux manières si grandes et si nobles.

Aujourd'hui, l'égoïsme est à la mode. Nous suivons cette maxime, qui a été proclamée en plein parlement par le représentant le plus sincère et le plus réel de nos nouvelles mœurs : « Chacun pour soi ; chacun chez soi. » Vous ne trouverez plus guère d'expansion et de laisser-aller que chez quelques artistes à l'âme haute, qui n'ont pas encore appris à attribuer à l'argent plus de valeur qu'il n'en a. Quant aux grands seigneurs, s'il en reste encore, ils se cachent bien. Je crois avoir connu le dernier ; il est mort, il y a quelques années, laissant un titre de comtesse et cent mille livres de rentes à sa dernière maîtresse, qu'il épousa quelques mois avant sa mort.

Eh bien, malgré la difficulté des circonstances, il y a encore des parasites ; mais ils sont moins poussés à la table des autres par le besoin que par l'ennui. Ce sont, en général, de vieux

garçons, qui s'ennuient de vivre seuls, et qui se

glissent dans des maisons amies, où ils trouvent une existence convenable, une conversation agréable, et surtout ce qui leur manque, — une famille.

Quelques-uns d'entre eux, — nous ne le dissimulerons pas, — sont entraînés loin de leurs pénates par la maladie de l'époque, — l'avarice. Ils croient faire des économies en allant, d'une manière suivie, demander un couvert dans telle ou telle maison! Les malheureux ne savent pas à quoi ils s'exposent! Des économies! On leur donne à manger tous les jours, mais on les attend au premier de l'an! Le premier de l'an, voilà les terribles fourches caudines sous lesquelles il leur faut passer! Ce jour-là, il est convenu qu'ils apporteront un châle à la maîtresse du logis, une montre à l'aîné des enfants, une parure de turquoises à la plus grande demoiselle, des joujoux d'un grand prix à tous les autres. Ajoutez à cela ce qu'il faut donner aux domestiques depuis le cuisinier jusqu'au jockey, en passant par la femme de chambre. Ajoutez à cela que la famille s'augmente tous les ans d'un nouveau rejeton, qui vient tendre la main à son tour... Ajoutez à cela les fêtes de tout ce monde-là, les loges et les billets de concert dans le courant de l'année, les parties de campagne dont on fait tous les frais, etc., etc., et vous m'avouerez qu'il vaudrait beaucoup mieux aller payer sa carte aux Frères-Provençaux toute l'année, que d'accepter une hospitalité aussi onéreuse.

On cite un mot assez curieux d'un parasite,

homme d'esprit, et qui a fait quelque peu parler de lui sous la restauration. Il avait son couvert mis chez mademoiselle Mars, et y dînait tous les jours. Le jour de l'an arrive ; l'homme d'esprit fut exact à l'heure du repas, mais il n'eut que cette exactitude-là. Le lendemain, il disait à l'un de ses amis : « Comprends-tu mademoiselle Mars?... c'é- tait hier le premier de l'an, et elle ne m'a pas fait le moindre cadeau ! »

VIII.

Que donner?

N est quelquefois embarrassé au jour de l'an. On ne sait que donner; on parcourt les boutiques, on hésite, on touche à tout, on prend et on jette. On va du confiseur au libraire, du libraire au marchand de nouveautés, du marchand de nouveautés au bijoutier. Il est donc peut-être utile que nous donnions ici quelques indications auxquelles on pourra recourir dans l'occasion. Il faut donner :

Au ministre tombé, — un portefeuille ;
A la coquette, — un éventail ;
Au roi exilé, — une couronne ;
Au lycéen, — huit jours de congé ;
Au poète classique, — un dictionnaire de Richelet ;
A la jeune fille, — un mari ;
A la grisette, — un amant ;
A un architecte, — le Louvre à terminer ;
A une femme de lettres, — un éditeur ;
A un éditeur, — une autre George Sand ;
Aux auteurs de romans intimes, — la connaissance du cœur humain ;

A un lieutenant, — les épaulettes de capitaine ;
A un marchand de tableaux, — un Rubens inconnu ;
A un joueur de bouillotte, — un brelan carré ;

A un ci-devant jeune homme, — un pantalon bien fait et dans lequel il puisse entrer ;

Au propriétaire de certain journal, — quatre cent mille abonnés ;

A une Revue bien connue, — sa vogue de 1828 ;

A mademoiselle Clarisse, — une nouvelle Grâce de Dieu !

A mademoiselle Nathalie, — la tournure de mademoiselle Eugénie Biron ;

A toutes les actrices, — les yeux de mademoiselle Nathalie ;

A toutes les femmes , — le teint frais ;

Au peuple, — une liberté un peu mêlée de bonheur matériel ;

Aux amis de la campagne, — un été plus flatteur que celui de 1841 ;

Aux habitants de la banlieue, — la fin des fortifications ;

Aux citoyens d'Auteuil, un nouveau bois de Boulogne ;

Aux médecins, — des maladies, mais la suppression de la mort :

Au théâtre du Gymnase, — un succès monstre sans Bouffé.

A Ferville, — des rôles ;

Au théâtre de l'Odéon — un public ;

A M. d'Epagny, — des sociétaires doux comme des moutons ;

A notre armée d'Afrique, — la prise d'Abdel-Kader ;

Aux personnes qui craignent l'eau, — un parapluie ;

Aux canotiers de la Seine, — des leçons de natation ;

Aux pensionnaires de Charenton, — la raison ;

A certains faiseurs de vers, — la rime et la raison ;

A Méhémet-Ali, — le trône des sultans ;

A notre flotte du levant, — une rencontre avec les Anglais ;

A M. Guizot, — un abonnement d'un an au *Charivari* ;

A M. Martin du Nord, — l'héritage de M. Pasquier ;

A M. Dupin, — la présidence de la cour de cassation ;

A M. Thiers, — l'hôtel des affaires étrangères ;

A l'empereur Nicolas, — Constantinople ;

A M. de Metternich, — la tranquillité sur ses vieux jours ;

A la reine Vittoria, — une chaumière et son cœur ;

Aux Chinois, — de l'anti-opium !

Aux Cobourg, — des princesses bien dotées ;

Au général Paixhans, — un mortier très-monstre ;

A M. Granier de Cassagnac, — la députation ou au moins la délégation ;

Au *Droit*, — la continuation des annonces judiciaires ;

Au Bazar-Bonne-Nouvelle, — des visiteurs ;

A tous nos prisonniers, — la clé des champs ;

A tous les amis de la joie, — un bon carnaval ;

A l'Obélisque de Luxor, — une autre place ;

Aux culotteurs de pipes, — du tabac non poison ;

Aux amateurs de la danse *légère,*—la *Physiologie du Cancan* et de la *Cachucha* ;

A tous les maris rassurés, — la *Physiologie du Prédestiné* ;

A tous ceux qui cherchent de l'esprit, — la *Physiologie du Calembourg* ;

Aux amateurs d'hiéroglyphes, — la *Physiologie de la Charade et du Rébus* :

A mademoiselle Falcon, — la voix de mademoiselle Dobré;

A mademoiselle Dobré, — l'âme de mademoiselle Falcon;

A M. Soumet, — la plume de Corneille;

A mademoiselle Anaïs,—l'âge de mademoiselle Doze;

A mademoiselle Doze, — le talent de mademoiselle Anaïs;

A la Comédie-Française, — une *Demoiselle de Belle-Isle* et un *Verre d'Eau*;

Aux fashionables de dix-huit ans, — une meilleure santé;

A l'éditeur de la *Physiologie de l'Opéra*, — la 3e édition à 15,000 de ce délicieux petit livre.

A tous les comtes polonais, — des infantes
espagnoles ;

A M. Adolphe Adam, — la réputation d'Auber ;

A un petit duc, — l'épée de Napoléon ;

A tous les lions, — une bonne panthère ;

A monseigneur l'évêque d'Evreux, — l'arche-
vêché de Paris ;

A l'église Saint-Roch, — un curé Ollivier ;

A tous les malades, — la *Physiologie du Carnaval* (1) pour les guérir ;

A tout le monde, — 12,000 livres de rentes !

Et, maintenant, servez chaud ! les consommateurs seront contents !

---

(1) Un charmant vol. illustré par 110 dessins d'Henry Emy.

IX.

Les femmes et les enfants.

'EST pour les femmes et pour les enfants que le premier de l'an est une belle époque.

Il leur est donné de jouer alors le plus beau rôle que l'avare le plus insatiable ait jamais rêvé : celui qui consiste à recevoir toujours sans jamais donner. A ce métier, un gouffre même se remplirait bientôt. Mais heureusement la fête ne dure que quinze jours, — quinze jours qui suffisent à peine à satisfaire tant d'avidités haletantes.

Mais le bonheur n'est pas là ; car la jouissance amène bientôt la satiété et le dégoût. Le bonheur est dans le mois qui précède les étrennes ; c'est le mois de l'attente et de l'espérance.

On passe tout ce temps-là à songer aux douceurs d'un avenir prochain. On voit d'avance les cadeaux que l'on doit recevoir. On s'a-

dresse des questions dans le genre suivant :

Que m'apportera mon cousin Alfred?

Que me donnera mon oncle Pluchonneau ?

Et ma tante Barnabé?

Et mon grand-père ?

Et mon parrain ?

Et ma sœur ?

Et les réponses ne manquent jamais d'être en correspondance parfaite avec les vœux du questionneur !

Trop souvent hélas ! l'événement vient donner un démenti à ces brillantes prévisions ! Mais on n'en a pas moins vécu d'illusions pendant un mois entier, — et l'illusion fait compensation au déficit de la réalité.

X

Cadeaux intéressés.

L y a de nos jours des gens qui fourrent la spéculation partout. Ils sont parvenus à en mettre même un peu dans des actes qui devraient être de pure libéralité.

Certains bourgeois disent à leur femme, la veille du premier de l'an : « Je vais me dépêcher d'aller porter mon cadeau à notre voisine, madame Symphorien. Je lui achèterai, cette année, quelque chose de très bien. Je veux que M. Symphorien se pique d'honneur et qu'il te donne quelque chose de mieux encore. Ce sera tout profit. »

Et il offre à madame Symphorien une broche de cent francs. Alors M. Symphorien dit de son côté à sa femme :

« Décidément, notre voisin a fait des folies. Il se fâcherait peut-être, si je voulais avoir l'air de lutter de générosité avec lui. Je vais offrir à sa femme un petit cadeau sans conséquence. Ce sera de bon goût. »

Et il porte à la femme de son voisin un néces-
saire de quatre francs dix sous.

Vous voyez d'ici l'effet de la scène !

C'est à peu près cent pour cent que perd le
bourgeois ! S'il faisait souvent de pareilles affaires,
il serait bientôt ruiné. Aussi jure-t-il, mais un peu
tard, qu'on ne l'y prendra plus.

Ce coup de théâtre se reproduit assez fréquem-
ment dans le monde.

Un ménage donne :	et reçoit :
Un service en porcelaine de Sèvres.	Une paire de bretelles.
Un sucrier en vermeil.	Une robe d'indienne.
Une montre à répétition.	Un Poussah de carton-pierre.
Une chaîne d'or.	Un passe-lacet en argent.
Un service de table en plaqué fin.	Une boîte d'allumettes chimiques alleman-des, en acajou, avec sujets allégoriques.
Un bœuf.	Un œuf.

On conviendra que ce système d'échange n'est
profitable qu'à l'une des deux parties, et ressemble fort à celui que l'Angleterre a coutume de
mettre en usage vis-à-vis de ses chers alliés.

XI.

Cadeaux du cœur.

L e jour de l'an est très-utile aux amoureux. Il sert de prétexte à une infinité de rapprochements plus agréables les uns que les autres :

Un jeune homme bien timide n'a pu que presser la main de celle qu'il aime, surveillé qu'il était par l'œil sévère d'une mère ou d'une tante. Voilà le jour de l'an ! il peut baiser Lucile sur les deux joues ! Comme il est rouge ! comme il est tremblant ! comme il est heureux ! Hélas ! pauvre jeune homme, le temps viendra

trop vite où tu ne te contenteras plus de ces bai-
sers-là !

M. Ludovic est premier clerc de notaire. Madame Lucenay, la femme de son patron, a des

bontés pour lui. Elle l'a assez aimé dans un certain moment, pour que les anges aient été obligés
de se voiler la face, comme disent les femmes
auteurs lorsqu'elles arrivent au passage scabreux
de leur roman, et de tout roman. M. Ludovic et
madame Lucenay n'ont pas toutes leurs aises.
Quoiqu'en général un notaire ne soit pas un mari

très-gênant, il y a cependant des convenances à garder, et la prudence la plus vulgaire indique certaines précautions auxquelles il est bon de s'astreindre. Ludovic profite de l'occasion du jour de l'an pour afficher toute l'ardeur de son amour. Il offre à madame Lucenay un *souvenir*, qui au premier abord n'a rien de bien extraordinaire... Mais pressez un ressort, et vous trouverez dans le fond une petite miniature représentant *Héloïse et Abeilard!*... Comme c'est touchant!... Madame Lucenay, Héloïse! Ludovic, Abeilard... Mais, entendons-nous bien... Abeilard jusqu'à l'instant fatal!... Le mari n'a vu que le *souvenir ;* il ne connaîtra pas le ressort! *Héloïse* et *Abeilard* sont en sûreté... plus en sûreté qu'auprès de ce damné chanoine Fulbert! C'est ainsi que sous un acte de politesse banale, peut se cacher l'expression des sentiments les plus tendres !

Et les billets doux placés au fond des sacs de bonbons !

Et les devises combinées avec intention pour produire un sens !

Et les romances en guise de déclarations d'amour, enveloppant un bâton de sucre de pommes de Rouen !

El les mots jetés à l'oreille entre deux embrassades !

Bartholo devrait adresser une pétition aux Chambres pour faire rayer le premier de l'an de l'almanach. Le premier de l'an est le plus dangereux ennemi des maris et des tuteurs. Il recèle dans ses flancs plus de trahisons que le fameux cheval de Troie.

XII.

Les nourrices à domicile.

Si nous mettons de côté la question d'économie, certes il est fort agréable d'être père. On se reproduit dans un être fait à son image, ou à peu près, et on est daguerréotypé au naturel. Mais ce bonheur a bien des inconvénients ; et parmi eux, nous rangerons en première ligne la nécessité d'avoir une nourrice à domicile. (Nous disons à domicile ; car nous vous croyons bon père, cher lecteur; nous croyons que vous n'envoyez pas votre enfant à trente ou quarante lieues de vous, et que vous le gardez à vos côtés.)

Introduire une nourrice dans sa maison, c'est y introduire la peste. Elle devient la maîtresse du logis. Si on ne fait pas toutes ses volontés, elle feint d'être malade. Effrayé pour la santé de votre héritier, vous cédez,—et ce sera le lende-

main à recommencer encore. Tout ce qu'elle trouve sous sa main lui appartient : fichus, robes, bagues, colliers, tout est de bonne prise. A peine entend-elle votre femme ouvrir un ti-

roir , qu'elle court, —et se met à demander tout
ce qu'elle voit avec ce ton suppliant de paysanne
qui ressemble si bien à une menace ; et puis elle
fait des paquets, et expédie le tout à *son homme*.
Elle veut, quand elle retournera au village, trouver sa garde-robe bien montée.

Le jour de l'an, la nourrice est levée dès l'aurore. Elle enveloppe le mioche dans sa plus belle layette, elle lui met son bonnet le plus coquet ; elle lui lave la figure plus artistement que de coutume, et le porte au lit de Monsieur et de Madame. Elle a soin d'arriver la première, pour trouver votre générosité encore toute fraîche et dans sa première peau. — Il faut payer le tribut.

Et ne croyez pas que lorsque votre fils mangera sa soupe tout seul, et que la nourrice sera sortie de chez vous, vous serez débarrassé de sa présence : Non... A tous les premiers de l'an elle viendra voir *son petit*. Vous savez ce que cela veut dire ! Si vous avez eu cinq ou six enfants, vous aurez chaque année la visite de cinq ou six nourrices. L'impôt augmentera en raison de l'augmentation de votre postérité. Si les patriarches, qui avaient beaucoup d'enfants, avaient connu ce genre de contribution forcée, ils auraient été ruinés de fond en comble et en bien peu de temps.

On a oublié de compter les nourrices sur lieux parmi les plaies d'Égypte ; elles doivent avoir le n° 8 ; je le leur décerne avec le plus grand plaisir. Mais je leur refuse absolument ma bénédiction : tous les pères sensibles me comprendront

XIII.

Les cartes de visite.

E ne sache pas d'habitude plus sotte que celle qui consiste à s'envoyer d'un quartier à l'autre des petits morceaux de carton, qui ressemblent aux contremarques que l'on prend à la sortie des théâtres. Je comprends une visite ; c'est une marque de déférence ou d'amitié. On se voit, on se parle, on renouvelle connaissance. On conçoit même, à la rigueur, le nom laissé chez le concierge, quand on n'a pas trouvé la personne qu'on cherchait ; c'est une promesse de revenir une autre fois ; — et puis, au moins, l'on s'est donné la peine de faire la course. Mais je ne comprends pas ces cartes de visite envoyées par la petite poste ou par l'entreprise du colportage parisien : port, *un centime*. Qu'est-ce que cela signifie ? Que voulez-vous dire par là ? Que vous vous souvenez des gens ? Mais il y aurait une manière bien plus honnête de le leur témoigner : ce serait de monter leur escalier et d'aller frapper à leur porte. Si vous ne le faites pas, c'est qu'ils vous ennuient, — ou que vous avez peur de les ennuyer.

Vous feriez mieux de rompre en visière, que de conserver des relations aussi peu agréables.

Du reste, cette formalité des cartes de visite commence à être appréciée à sa juste valeur. Beaucoup d'hommes de bon sens ont secoué le joug ; les gens qui sont encore retenus par un faux scrupule, se mettent fort à leur aise : ils se contentent de copier les noms de ceux qui les ont traités ainsi, et leur répondent par la même voie. Aucuns font faire ce travail par leur concierge, et ne se donnent pas même la peine de jeter un coup-d'œil sur la liste.

Quelques faux lions, de ceux qui gagnent douze cents francs par an aux messageries ou à l'octroi, de ceux qui aiment à faire étalage d'amitiés aristocratiques, ont spéculé sur ce négligence. Au jour de l'an, ils envoient des cartes à des ducs, à des marquis, à des chargés d'affaires, et reçoivent en échange celles de ces messieurs. Puis ils mettent en montre ces témoignages de hautes liaisons! Vous êtes tout étonné de trouver chez M. Amédée Larigot, employé de l'administration du balayage, la carte de M. le comte de Mortain ou celle de M. l'ambassadeur de Meklembourg-Poupffen! Il se l'est procurée par cette ruse ingénieuse!

M. Victor Hugo ne se doute guère qu'au mois de janvier 1841, il a adressé sa carte à sept mille apprentis poètes, à douze mille femmes de lettres, et à soixante-trois mille rapins!

O grands hommes du monde et du Parnasse, soyez plus avares de vos morceaux de carton! Vous ne savez pas jusqu'à quel point ils peuvent vous compromettre. C'est avec cela que l'on obtient crédit chez les fournisseurs! On dit à son tailleur : « Patientez encore un peu, mon cher... mon drame va être reçu à la Porte-Saint-Martin... Vous voyez bien que M. Alexandre Dumas m'a envoyé sa carte. » Et l'on dit à son restaurateur: « Tiens... petit... voilà la carte de M. le duc de la Roquefenillade... Ma nomination aux fonctions de consul à Othaïti est certaine... Tu vois bien que tu peux me faire encore crédit pendant un mois. »

Si Robert-Macaire écrit jamais ses mémoires, il n'oubliera pas ce chapitre-là !

XIV.

Le boutiquier.

E boutiquier ne dort pas sur un lit de roses, croyez-le bien. Il occupe le réz-de-chaussée de la vie, et c'est toujours à lui que l'on s'adresse lorsque l'on a quelque chose à demander. Le gouvernement s'en prend surtout à lui de préférence : il en fait sa bête de somme.

Le boutiquier :

Monte la garde ;

Tient la rue propre ;

Paye patente;

Embellit la ville, grâce au clinquant de sa devanture;

Reçoit dans ses carreaux les coups de poing des émeutiers, etc., etc., etc.

Viennent les grandes occasions, et vous trouverez encore le boutiquier au premier rang des souffre-douleurs !

Aux fêtes publiques, il est obligé de fermer, et il perd une journée de vente, — sans compter qu'il contribue pour la plus forte part aux frais des réjouissances publiques.

Au premier de l'an, toute cette meute de solliciteurs qui se rue sur la bourse d'autrui, court d'abord chez le boutiquier. C'est lui qui supporte le premier assaut, le premier feu. Il a affaire à l'allumeur du gaz, au concierge, aux balayeurs, etc., etc. Il se tient pour bien heureux quand il lui reste de quoi aller avec sa famille dîner à quarante sous par tête au Palais-Royal.

Les dîners à quarante sous et les spectacles idem, — tels sont les plus grands plaisirs du boutiquier, et qu'il ne goûte qu'aux jours de gala.

XV

L'église

L ne serait pas dé-
cent que les servi-
teurs laïques de
l'Eglise demandas-
sent leurs étrennes aux fidèles
pendant les solennités religieu-
ses : il y aurait là scandale et
profanation. Mais les gens de
sacristie ont de l'imagination,
surtout quand il faut faire appel
à l'escarcelle du chrétien. Ils ont
tourné la difficulté : ils font leur
petit commerce hors de l'en-
ceinte sacrée.

Le 1er janvier, le suisse, en grande tenue, et

accompagné de deux innocents enfants de chœur, va frapper aux portes, offrir du pain béni, et recevoir les offrandes des fidèles dans un beau plat d'argent. Il ne dit plus cette fois : *Pour les besoins du culte*, ou : *Pour les pauvres, s'il vous plaît* ; il ne dit rien, et ce silence est fort significatif.

Ce jour-là le suisse n'est pas intolérant. Il va frapper à la porte de l'impie comme à celle du dévot. Il accepte l'argent voltairien aussi bien que l'autre ; il dit que les pièces de cent sous ne sont jamais hérétiques, et qu'on peut entrer en communication avec elles sans danger pour son âme.

Le suisse dépose alors ce ton rogue et d'un orthodoxisme un peu hautain qu'il déploye ordinairement sur les dalles du temple. Il est riant, aimable et presque bon enfant. Il prend le menton de la bonne de la maison et frappe le plancher de sa grande canne pour amuser les enfants. Sa récolte est toujours assez bonne ; on se laisse ordinairement fasciner et séduire par ce grand habit brodé, qui s'humilie ainsi devant vous pour quelques pièces de monnaie. L'orgueil est inné dans le cœur de l'homme.

Je ne veux point prétendre que dans ses excursions intéressées, le suisse soit toujours sûr de trouver une réception cordiale et bienveillante... Non... Il rencontre quelquefois des disciples de l'école encyclopédique, qui le reçoivent d'une façon un peu sauvage. Alors il met à couvert sa dignité à force de grands airs ; il se place sous la sauve-garde de son dédain. Mais il se garde bien d'entrer en controverse. Lorsqu'il tombe sur quelque disputeur enragé, qui veut à toute force entamer la polémique, le suisse se contente de lui jeter un coup d'œil du haut en bas avec ces mots : « Ah! si monsieur le

curé était là ». En effet, lui n'est que le bras de l'église; c'est monsieur le curé qui en est la langue. Le suisse est logique.

Il est très-facile d'admettre qu'on puisse se fâcher un peu, lorsqu'on voit les gens du chœur venir encore lever sur vous un impôt extraordinaire. On ne le paye que volontairement, je le sais ; mais il n'en est pas moins vrai qu'il y a quelque chose de passablement insolent dans la demande qui en est faite.

Le suisse est de l'école des cochers de fiacre, des musiciens et des rats d'église,—chantres, donneurs d'eau bénite ou sacristains. Il aime beaucoup le cabaret. C'est là où il va engloutir une grande partie de ses profits ordinaires et extra-

ordinaires, licites et illicites,—quand toutefois sa moitié, la loueuse de chaises, n'est pas là pour opposer son veto.

XVI.

Quelques réflexions d'une philosophie amère.

L y avait une fête à Rome, où les esclaves s'asseyaient à la table de leurs maîtres et étaient servis par eux; c'était le jour des représailles. Les malheureux de la veille et du lendemain prenaient leur revanche contre les heureux de la veille et du lendemain.

Le jour de l'an est chez nous une fête à peu près semblable. Quelque petit que l'on soit, on trouve toujours plus petit que soi. Il ne faut pas grand chose maintenant, en France, pour passer pour un *gros*, — et l'on est aristocrate à bon marché.

Le jour de l'an est la revanche des petits contre ceux qui sont plus gros qu'eux.

Les petits fouillent dans la poche des gros, et les gros n'ont rien à dire !

Les petits boivent, rient, s'amusent et chantent, tandis que les gros font tristement le compte de ce qu'ils ont donné et de ce qui leur reste.

Les petits font, pendant vingt-quatre heures, un pied de nez aux gros, — sauf à ceux-ci à le leur rendre pendant onze mois et vingt-neuf jours, — ce à quoi, à vrai dire, ils ne manquent guère, les impudents !

Ma parole d'honneur, si l'on n'était très-petit, cela donnerait l'envie de le devenir un peu — à la manière de ceux qui savent l'être ! Mais, quelle triste position que de paraître gros sans l'être effectivement, et de supporter toutes les charges de cette condition-là, sans en avoir les bénéfices !

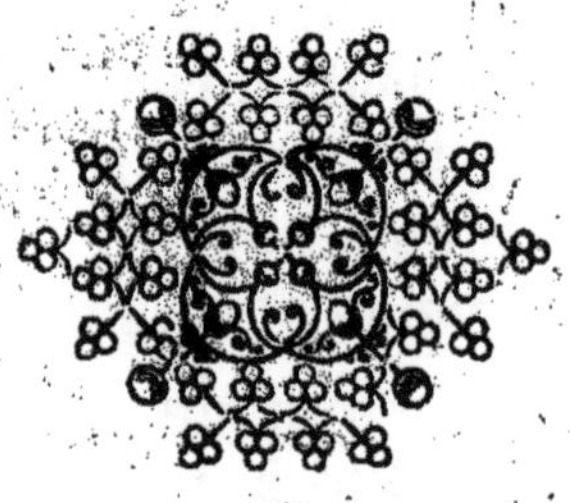

XVII.

L'auteur dramatique.

L y a dans l'existence de l'auteur dramatique un moment bien difficile et bien dur! Nous en parlons, parce que cela se rattache à notre sujet.

Plaignez, plaignez le Bayard ou le Benjamin Antier, qui a une pièce mise en répétition dans la dernière quinzaine de décembre! Comprenez-vous la conséquence de cette faveur fatale que lui a accordée la direction? Il faudra qu'au premier de l'an il apporte des bonbons et des surprises à toutes ces dames. Supposez que la pièce soit une féerie et qu'elle employe quinze ou vingt actrices sans compter les accessoires..., et jugez de la dépense que le malheureux auteur va avoir à faire.

Les vieux loups de coulisse se tirent ordinairement de ce mauvais pas par un cadeau de peu d'importance et par un bon mot. Ils donnent à la première amoureuse un polichinelle de pain

d'épice. Le lazzi fait passer le polichinelle; et quand la première amoureuse a accepté du pain d'épice, la troisième ingénue serait bien osée si elle exigeait davantage. Tout le monde rit, et la farce est jouée.

Mais l'auteur débutant, qui est encore mal à son aise dans le foyer et qui baisse les yeux quand la maîtresse du directeur lui parle, craint toujours de ne pas fairé assez. Il se ruine en dépenses folles ; il mange ses droits d'avance, et c'est en rougissant qu'il offre le présent de bon goût dont il vient de faire l'emplette chez Marquis ou chez Susse.

Si vous devenez jamais auteur d'un tiers ou d'un quart de vaudeville, intercalez la phrase suivante dans vos litanies :

«Des pièces répétées au jour de l'an, délivrez-nous, Seigneur.»

XVIII.

Les romanciers.

Avez-vous vu un romancier lisant un chapitre de son roman et y trouvant deux fautes d'impression ? Il jette au loin le livre vierge encore du contact des mains profanes, et s'écrie sur le ton le plus tragique : « Maudits compositeurs! Pourquoi ai-je donné si facilement mon *bon à tirer!* »

Cela arrive plus souvent qu'on ne pense... Mais il faut que le romancier dépose toute rancune lorsque le jour de l'an arrive. Il faut qu'il reçoive, le sourire sur les lèvres et la main ouverte, l'apprenti imprimeur qui vient lui demander ses étrennes.

L'apprenti imprimeur, vous le connaissez ! C'est ce gamin en blouse, à l'œil éveillé, au pied leste, au bonnet de papier posé sur le coin de l'oreille, que vous rencontrez portant des épreuves chez *les auteurs*,—et le plus souvent jouant à la pigoche ou au cheval fondu, devant le château d'eau.

Au jour de l'an, l'apprenti prend la liste de toutes les pratiques de l'atelier, et va de Frédéric Soulié en Alphonse Brot et d'Alphonse Brot en Roger de Beauvoir.

Gardez-vous bien, ô mes chers confrères, de le recevoir avec peu de bienveillance. L'apprenti est le favori de l'atelier ; son injure serait ressentie par tous ses protecteurs, et pendant toute la durée de l'année vous seriez accablés de *bourdons* et de *coquilles*. Le méchant garnement pourrait bien s'en mêler lui-même, et aller fourrer sur les formes, des *o*, là où vous auriez mis des *u*. Et vous savez aussi bien que moi, que dans certains cas cela fait un bien triste effet, ô mes chers confrères !

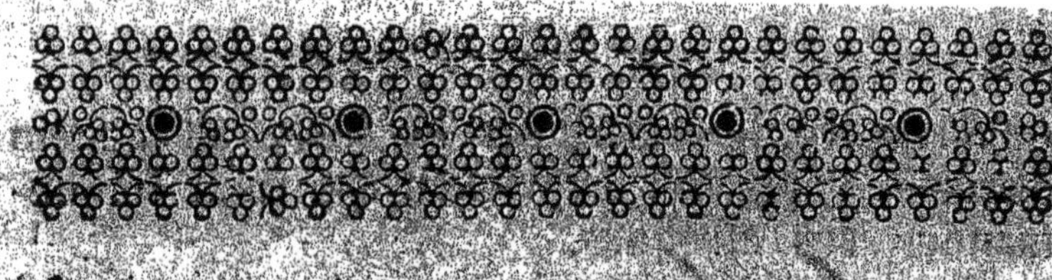

XIX.

Le journaliste.

L E jou rnaliste n'est pas soumis à d'autres charges que le commun des mortels. Cependant, je me trompe... il donne des étrennes extraordinaires.. Il est vrai qu'elles ne lui coûtent rien : elles sortent de sa plume, et non de sa poche.

S'il est journaliste ministériel, il souhaite au pays et à ses lecteurs, dans son numéro du 1er janvier, la continuation de l'heureux régime sous lequel nous avons le bonheur de vivre.

S'il est journaliste de l'opposition, il souhaite au pays et à ses lecteurs, dans son numéro du 1er janvier, la fin du triste régime sous lequel nous avons le malheur de vivre.

Vous voyez que cette générosité n'a rien de bien dispendieux !

Les dangers du jour de l'an.

Au jour de l'an, calfeutrez vous, barricadez-vous, restez chez vous. Tout homme qui met le nez dehors est perdu; il devient la proie de tous ceux qui mendient, de tous ceux qui tendent la main, de tous ceux qui pillent et égorgent le pauvre monde. Prenez garde... Suivez mon conseil... il est désintéressé... Suivez mon conseil... car vous risqueriez fort d'être mis en pièces, comme feu Orphée, d'harmonique mémoire.

Ah ! vous ne m'écoutez pas... Ah ! vous ne prêtez à mon avis qu'une oreille indocile et rebelle...

Soit, monsieur... Allez, monsieur... allez, avec votre habit noir, vos gants blancs, votre jabot prétentieux et votre badine à pomme d'or... Vous prétextez le besoin de faire vos visites... Eh ! mon Dieu... vous avez toute la semaine... Mais choisir précisément le jour de l'an, c'est se jeter de gaîté de cœur au milieu d'une fournaise ardente...

Vous avez mille bonnes excuses à vous dondonner à vous-même... Dites-vous que l'émeute rugit dans les rues et dans les carrefours, et que vous ne voulez pas vous exposer aux balles des insurgés ou des soldats et aux coups de bâton des argousins vainqueurs ; dites-vous que le choléra a répandu par la ville son souffle empoisonné, et que vous pouvez être exposé à la contagion ; dites-vous qu'il pleut des hallebardes ; dites-vous qu'il fait un froid de quatre-vingt-deux degrés, un froid pôle-nord ; dites-vous tout cela, et vous aurez parfaitement raison vis-à-vis de vous-même... Car, je vous le dis en vérité... ni l'émeute, ni le choléra, ni la pluie-hallebarde, ni le froid pôle-nord, ne sont des fléaux aussi terribles qu'une sortie au jour de l'an.

Rien ne vous touche, rien ne vous arrête... ; vous êtes entêté comme un Alsacien. Partez, et bon voyage ! Bon voyage... que dis-je ? Parole imprudente ! Ah ! ce n'est qu'un souhait, qu'un simple souhait ! Il n'est pas en mon pouvoir de changer une mer orageuse en une mer calme et tranquille, et de faire que la rude Sibérie soit la molle et féconde Italie ! Je n'ai pas cette puissance, je ne suis qu'un pauvre et simple mortel. J'avertis. Ne m'en demandez pas davantage ; le reste est dans la main de Dieu !

Que devenez-vous, malheureux, pendant cette imprudente traversée à travers les rues houleuses de Paris !

Vous montez en omnibus, et le conducteur vous tend une petite tire-lire ornée de faveurs roses. Comment refuser, lorsque tant de regards sont fixés sur vous ? Vous vous exécutez, et votre course de 60 centimes vous coûte presque aussi cher qu'une course de cabriolet.

Vous comprenez enfin cette vérité, et vous prenez un cabriolet. Quand il s'agit de payer le cocher, il vous demande son pour-boire du jour de l'an, et votre course de cabriolet, du 1er janvier vous coûte aussi cher que deux courses de cabriolet en temps ordinaire. C'est convenu : tout enchérit ce jour-là.

Au 1er janvier, la chose est connue, le ciel n'est pas d'un bleu de juillet. Bien souvent il se couvre de nuages ; la neige et la pluie, ces peu aimables hôtesses de nos peu doux climats, font de nos rues de véritables lacs. On ne peut mettre le pied dehors sans être aussitôt crotté jusqu'à la cheville, et l'homme qui a le plus de précaution, l'homme qui marche avec le plus d'adresse sur la pointe du pied, ne parvient pas à éviter les éclaboussures. Conclusion : on est forcé d'en trer chez ces industriels qui, placés dans nos principaux passages, restaurent, au prix de 20 cen-

times, la chaussure la plus maltraitée. Vous connaissez la fin de l'histoire. Là encore, il faut ajouter au prix principal un petit supplément de centimes qui le dépasse toujours. Il est vrai que votre libéralité vaut un coup de brosse de plus à votre habit. Mais ce sont là des coups de brosse qui, en somme, finiraient par être fort coûteux !

Chez le restaurateur, nouveau prélèvement d'impôt.

Au spectacle, les ouvreuses vous poursuivent de leur sourire assassin !

Vous rentrez chez vous exténué, rendu, ruiné, et votre portière vous présente M. Guguste, son fils, qui est en apprentissage, que vous n'avez pas encore vu et qui vous tend encore la main en vous souhaitant une heureuse année suivie de plusieurs autres. Vous dites que vous n'avez plus de monnaie; mais n'espérez pas esquiver l'entrevue : Guguste sera demain à votre petit lever.

Me croyez-vous maintenant, monsieur? Sortirez-vous encore au jour de l'an? Non... non... la leçon est complète. Le dépit est peint sur votre physionomie, et vous jurez, mais un peu tard, qu'on ne vous y prendra plus !

XXI.

Question des entrées.

L y a, à Paris, un certain nombre de journalistes, d'auteurs, de flâneurs littéraires, qui ont leurs entrées dans les théâtres. Ils peuvent aller, tous les soirs, des Français à la Gaîté, et de l'Ambigu à l'Opéra, sans que le contrôleur les arrête pour leur demander ce petit morceau de carton vulgairement appelé *contremarque ;* les buralistes ne connaissent pas la couleur de leur argent.

Ce droit, dont ils jouissent, est un droit bien

fondé. Il faut qu'un feuilletoniste consciencieux puisse non-seulement assister aux représentations nouvelles, mais encore suivre la marche d'une pièce, étudier dans son progrès le jeu des acteurs et constater l'effet d'un ouvrage dramatique sur des parterres différents.

Quant aux auteurs, leur privilége se défend par des raisons aussi fortes. Au théâtre, un auteur est chez lui, tout aussi bien que l'acteur, tout aussi bien que le directeur. Il serait cruel qu'il ne lui fût pas permis de voir son œuvre. Il choisit ses moments et sa place, — et c'est bien.

Mais le malheur est que parmi ces messieurs se glissent une infinité de contrebandiers, qui ne jouissent pas légalement de leurs entrées, mais qui les usurpent.

Ils ont recours à toutes sortes de ruses pour en venir à leurs fins.

La plupart d'entre eux s'informent des auteurs ou des journalistes qui ne fréquentent pas souvent le théâtre, et se présentent effrontément en prenant leur nom. S'ils sont repoussés, ils en sont pour leur courte honte, mais ils réussissent souvent. Le contrôleur ne peut pas connaître les noms de tous les écrivains de Paris. Une fois leur *droit* bien établi, ces fraudeurs viennent souvent, ils habituent les employés à leur figure; ils ont soin de les saluer très-poliment en passant, ils se mettent au mieux avec les ouvreuses en leur prêtant des romans et en leur parlant de leurs perroquets, —les voilà instalés.

Maintenant, que le véritable propriétaire du nom se présente , et il sera vigoureusement repoussé par tout l'état-major du théâtre ; — pour être reçu, il sera forcé de faire constater son identité : car lui, qui est fort de sa qualité, n'a jamais fait , pour captiver les bonnes grâces des ouvreuses, tout ce que son Sosie a cru devoir faire !

Mais ce cas se présente rarement ; l'écrivain, homme actif, laborieux , qui ne flâne pas tous les soirs, et qui est saturé de comédie, ne vient guère au théâtre qu'aux premières représentations, — et, ce soir-là, il y vient avec le coupon de loge qui lui a été envoyé par l'administration. Le coupon de loge le couvre comme le pavillon couvre la marchandise, et on ne lui demande pas son nom.

Le Sosie règne donc en chef et sans partage. Cependant, il a soin de ne pas venir au théâtre le jour des premières représentations. Une ouvreuse pourrait l'appeler par son nom d'emprunt et l'embarrasser fort. Une confrontation avec son homonyme n'aurait rien pour lui de fort agréable. — Il ne voit les pièces nouvelles qu'aux secondes représentations. Mais ce jour-là, il donne son avis tout haut, et l'auteur, le directeur, les acteurs et le contrôleur ne le regardent qu'en tremblant.

On voit que les Sosies encombrent beaucoup plus les théâtres que leurs chefs de file. Aussi, lorsque certains réformateurs se déchaînent contre l'abus des entrées, ils devraient parler des fausses entrées et non pas des entrées de droit. Les titulaires ne sont vraiment pas gênants. Il y a sur le pavé plus de trente pseudo-Téophile Gauthier, plus de vingt Briffault, plus de quarante Guinot, plus de soixante Delord. Ce sont ceux-là qu'il faut extirper du sol. Ou plutôt, ne leur arrachez pas leurs innocentes jouissances, ô directeurs ! ces gens-là vous sont plus utiles que vous ne croyez ! Ce sont des spectateurs fidèles, rien ne les effraye, ni les mauvaises pièces, ni la chaleur, ni le froid. Ils vous composent un public quand vous n'en avez pas... Ils

font croire à la recette quand la recette est ab-
sente ; et cette illusion vous console !

Je sais bien qu'ils se livrent quelquefois à de
méchants tours. Par exemple, ils font la cour aux
actrices sous ce nom qu'on ne leur a pas prêté,
et triomphent souvent par procuration. J'ai connu
une ingénuité qui avait cru accorder ses bonnes
grâces à un rédacteur en chef de petit journal, et
qui se trouva mal lorsqu'on le lui montra. En
effet, ce n'était pas là celui qu'elle avait aimé ou
qu'elle avait feint d'aimer ! Le rédacteur en chef
était très-laid et très-disgracieux, et son rem-
plaçant avait, au contraire, très-bonne mine,
— ce qui la consola un peu.

Je sais bien qu'un impressario, croyant recommander son théâtre et sa pièce nouvelle à Janin
ou à Beauvoir, est exposé à les recommander à
M. Charles Laridoles, commis aux Deux-Magots,
ou à M. Alfred Bidoir, employé à six cents francs
à l'administration du gaz !

Mais qu'est-ce que cela vous fait, ô directeurs ?
Les services que les fraudeurs vous rendent en
certaines occasions compensent bien les petits
désagréments qu'ils peuvent vous causer !

Ils jettent des bouquets à la dame de leurs
pensées et font de l'enthousiasme qui ne vous
coûte rien.

Ils portent des gants plus ou moins blancs et
persuadent au bourgeois naïf, au provincial cré-
dule, que votre théâtre est le rendez-vous de
tout le Paris quasi-élégant !

Laissez donc faire, laissez donc passer !

Le jour de l'an vient offrir aux Sosies une occasion bien précieuse de s'établir fermement dans leur prérogative ! Comme le spectacle ne leur coûte rien pendant toute la durée de l'année, ils peuvent se montrer fort généreux au 1ᵉʳ janvier.

Le plaisir qu'ils goûtent ne sera pas encore trop chèrement payé.

Ils donnent des étrennes aux contrôleurs, des étrennes aux ouvreuses, des étrennes au concierge du théâtre ! Enfin, ils font, ce jour-là, les honneurs de leur faux nom avec la meilleure grâce du monde. On comprend qu'après ces largesses, personne n'ose plus douter de leur identité. On les estime, on les respecte, on leur ouvre toutes les portes et on s'incline presqu'à terre devant eux. Vraiment, si les journalistes dont ils sont les suppléants voyaient cela, ils seraient fiers eux-mêmes de la considération dont ils jouissent par procuration.

Rien n'est malheureux comme un Sosie qui vient d'être dévoilé, qui voit se fermer devant lui l'asile où il allait passer toutes ses soirées. Ce n'est plus un homme, c'est un fantôme. Il erre çà et là ; il cherche à tromper ses ennuis ! Il se promène devant la porte de ce lieu qui a été si longtemps son paradis ! Lorsqu'il voit passer l'un de ses amis, il se sauve, craignant qu'on ne lui dise : « Eh bien,... tu n'entres pas?... Je croyais que tu avais tes entrées ! » Puis, il revient,... puis il court d'estaminet en estaminet... puis il gémit et il s'arrache les cheveux, le pauvre exilé ! Enfin, sa douleur ne se calme que lorsqu'il est parvenu à pénétrer, sous un nouveau faux nom, dans un nouveau théâtre ! Encore regrette-t-il bien souvent celui où il avait ses habitudes faites !

Moi qui vous parle, moi chétif, j'ai eu mon Sosie ! J'habitais loin du boulevard du Temple, et il s'y était établi en maître ! Il me représentait non-seulement aux théâtres de ces parages, mais chez le restaurateur, auquel il promettait des articles de journaux, et au café, dont il se faisait fort de vanter quelque part le service distingué. On lui servait des beefsteacks de premier choix, des demi-tasse abondantes et des spectacles copieux. Quand je vins, à mon tour, planter ma tente sur ce rivage, il me fallut lutter sérieusement pour rentrer en possession de moi-même. Les contrôleurs me rebutaient comme un paria, et mes voisins me regardaient comme un intrigant. Je vis le moment où je serais obligé de demander un jugement du tribunal civil pour bien établir mon identité. Je voulais avoir une explication avec mon ombre ; mais elle m'échappait toujours. Je ne pouvais pas mettre la main dessus ; enfin, elle s'évanouit un beau matin, et je fus sauvé !

O mon Sosie,.... n'y reviens pas ! ou, du moins, tache de ne pas te présenter dans mes eaux !

Du reste, ô mon Sosie, tu t'étais fait là un triste cadeau !

Je suis grand et assez bien fait...; mais j'ai trop de laisser-aller dans la tournure.

J'ai l'œil vif et le sourcil bien arqué..., mais trop de rudesse dans la physionomie.

On me trouve un peu d'esprit, mais je le jette çà et là, comme un prodigue jette son argent !

J'ai écrit, depuis huit ans, dans la presse, dans le roman, au théâtre, plus de pages qu'il n'en

faut pour remplir trente in-folio , et personne ne
me connaît !

Enfin, comme je suis un peu timide auprès des
femmes, je n'ai nullement la réputation d'un Lo-
velace.

Tu vois, ô mon Sosie ! que tu aurais pu beaucoup mieux choisir.

Ainsi donc , renonce définitivement à moi , et
passe à d'autres !

XXII.

Le grand monde.

LE grand monde est le pays des mensonges. Au jour de l'an, cette vérité prend des proportions effrayantes. Du reste, on ne voit alors que la continuation de ce qui se passe ordinairement pendant douze grands mois. Pendant ces douze mois-là on se donne tant de baisers de Judas, qu'au premier de l'an on ne fait qu'en augmenter un peu le nombre ; et c'est toujours la même chose.

Parmi les gens que l'on est convenu d'appeler

du monde, les relations sont rarement franches ;

on se voit plutôt par convenance ou par recherche
d'une distraction, que par amitié et par sympa-
thie. On va chez madame une telle, parce qu'elle
donne des soirées, parce qu'on y danse, parce
que l'on y rencontre des figures de connaissance.
On lui rend visite au jour de l'an pour trouver

7

sa porte ouverte le reste de l'année : c'est là une politesse intéressée.

Les compliments que l'on fait à la femme de ce monsieur un tel veulent dire : « Votre maison est fort agréable, et je veux en retrouver le chemin dans l'occasion. » Les cadeaux que l'on offre payent en partie les rafraîchissements et les violons. Du reste, toutes ces prévenances sont accueillies de la même façon qu'elles sont offertes, — avec la plus complète indifférence. Les âmes sont de glace, et les visages seuls prennent un masque d'affabilité. C'est une cérémonie ennuyeuse, à laquelle on se prête d'assez mauvaise grâce, au fond. Ne vaudrait-il pas mieux la supprimer ? C'est ce que tout le monde se dit tout bas ; mais pas un ne veut l'avouer tout haut.

Quelques amis des vieilles coutumes se portent fort pour le jour de l'an, et le défendent très-chaudement. Ils prétendent qu'à cette époque on reconnaît ses amis et ses ennemis, et que c'est une sorte de revue qu'on passe des liaisons bonnes à conserver, et de celles qu'il faut répudier ! Ah ! mon Dieu ! croyez-vous donc que parmi ceux qui vous visitent vous n'avez pas d'ennemis ; et que tous ces gens confits en compliments et en courbettes vous portent une affection bien sérieuse ? Je vous l'ai dit, la plupart d'entre eux ne se mettent ainsi en avant que parce qu'à un moment donné vous pouvez leur être utile ou agréable ; ils achètent la continuation de votre commerce au prix d'une course de cabriolet ou d'une carte remise par intermé-

diaire chez votre portier : certes, ce n'est pas cher.

Il y a de par le monde des hommes aux idées absolues et au caractère indépendant, qui ont cru devoir secouer le joug de la routine, et s'abstenir de se conformer à une formalité hypocrite. Ceux-là on les appelle des sauvages ; on les montre au doigt, on les proscrit. S'ils ne veulent pas vivre comme des parias, ils sont forcés de revenir à l'ancien usage. Et, cependant, c'est chez ces hommes-là qu'on trouve ordinairement les cœurs les plus chauds et les dévoûments les plus sûrs. Ayez besoin d'un service réel, et ils seront à vous ; — tandis que vos donneurs de

belles paroles se retireront et vous fermeront leur porte.

Mais ainsi va le monde : on préfère les apparences à la réalité. Il y a long-temps que cela dure, et cela durera long-temps encore.

Le poète l'a dit :

> Vieux soldats de plomb que nous sommes,
> Au cordeau nous alignant tous,
> Si des rangs sortent quelques hommes,
> Nous crions vite : à bas les fous !

XXIII.

En province.

EN province, et sur-
tout dans les villes
de petit ordre, le
jour de l'an est une
véritable corvée pour le bourgeois le plus mince.

Il faut rendre ses devoirs à
toutes les autorités : à M. le sous-
préfet, qui vous reçoit du haut de
sa grandeur ; à M. le comman-
dant de gendarmerie ; à M. le
percepteur des contributions ; à
M. le conservateur des hypothè-
ques ; à M. l'inspecteur des tabacs ; à M. le di-

recteur des postes, etc., etc. : on passe en revue toute l'administration.

Cela ne suffit pas. — Il s'agit maintenant d'aller frapper à la porte de tous ses co-bourgeois.
Si l'on négligeait un seul d'entre eux, on serait

honni par tous les autres, et l'on serait particu-
lièrement brouillé avec celui pour lequel on aurait affiché cette indifférence. Il sortirait des
maisons où vous vous présenteriez en même temps
que lui, et se lèverait de la table où vous pren-
driez place à ses côtés, pour faire une bouillotte. Ce serait un véritable scandale.

Vous comprenez bien que dans un chef-lieu
d'arrondissement, où la société n'est pas nom-
breuse et où l'on ne trouve pas trop de gens pour
faire son cent de piquet ou sa partie de dominos,
on ne s'expose pas, de gaîté de cœur, à pareille
aventure.

On en est donc réduit à parcourir, au jour de
l'an, toute sa ville natale, comme un contrôleur
qui fait le recensement. Une pareille opération
prend ordinairement huit jours pleins. On n'en
est point quitte à moins d'une bonne courbature
et quelquefois d'une petite fluxion de poitrine!

O moutons de Panurge !

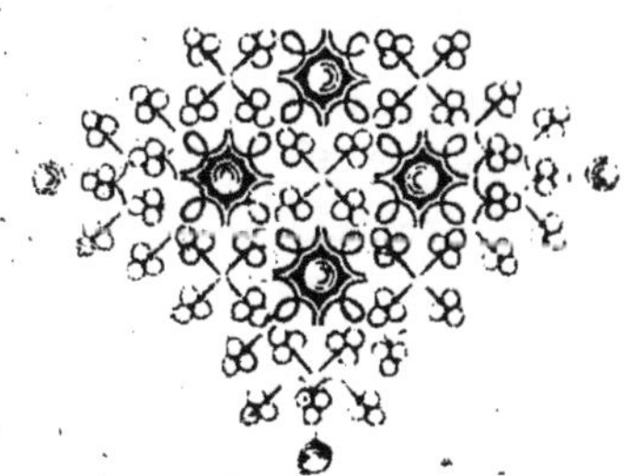

XXIV.

Le peuple.

L'OUVRIER travaille toute la journée, et quand il a courbé la tête sur son établi pendant douze heures, il n'a rien de plus pressé que de regagner son pauvre lit. Aussi n'a-t-il guère le temps de visiter ses amis, — de véritables amis pourtant, — car on ne s'attache pas à lui pour sa fortune ou pour la protection qu'il peut accorder.

Aussi se rattrape-t-il aux grands jours !

Le peuple prend le premier de l'an chaudement,

comme il prend toutes les autres occasions où il peut voir ceux qu'il aime — et qui l'aiment véritablement. Ils sont peu nombreux, il est vrai ; mais il n'y a pas de faux frères, pas d'hypocrites, pas de menteurs. On se presse la main avec franchise, on s'embrasse cordialement, et les vœux qu'on s'adresse sont des vœux sincères !

On se réunit au cabaret ; on trinque gaîment, on chante, on oublie ses maux de la veille et on espère toujours un meilleur avenir.

> Les gueux, les gueux sont des gens heureux ...

Et surtout des gens qui n'ont pas encore appris à frauder le sentiment et à faire la contrebande des choses du cœur.

XXV.

Le lendemain d'un prétendu beau jour.

Au jour de l'an, vous ne rencontrez dans la rue que des visages riants. Ceux qui reçoivent sont naturellement gais, et ceux qui donnent tâchent de le paraître. Vous assistez à une véritable réjouissance publique. Un sauvage qui nous visiterait au 1er janvier, nous prendrait pour le peuple le plus heureux de la terre. Il lui semblerait que le Bonheur, vêtu de sa tunique d'azur, est descendu du ciel, pour venir en personne s'installer parmi nous.

Mais examinez les physionomies le lendemain; elles sont toutes tristes et renfrognées.

On ne se gêne plus, on donne carrière à son

humeur. Personne n'est content. Personne ne craint de le laisser voir. On a accordé un jour aux convenances ; le lendemain appartient au caractère.

Ceux qui ont donné laissent surtout se dessiner les angles de leur mauvaise humeur.

Le négociant regrette la gratification qu'il a accordée à ses commis et les rudoye plus que de coutume !

La maîtresse de maison regrette les étrennes de ses domestiques, et exige d'eux un service plus régulier et plus suivi.

L'oncle regrette les cent francs qu'il a donnés à son coquin de neveu, et pour refaire sa bourse, va le chercher moins souvent à son collége dans le mois qui suit et le conduit plus rarement dîner au restaurant !

Ceux qui ont reçu ne font guère meilleure mine. Ils sont rarement satisfaits de la libéralité de leurs supérieurs.

Le cordon-bleu dit à la portière :

« Quels chiens de maîtres j'ai là ! Madame a cru faire une belle prouesse en me donnant une robe de sept francs cinquante ! Heureusement que l'anse du panier me reste ! Les marchés vont lui coûter cher, et je saurai bien me rattraper ! »

L'écolier dit à son copin :

« Ah ! mon oncle ne vient pas me chercher ; il croit sans doute s'être ruiné au jour de l'an ! Je vais vendre au bouquiniste mon dictionnaire grec et mon *Gradus ad Parnassum !* il faudra bien qu'il m'en achète d'autres ! Et avec cet argent-là, je filerai à la promenade prochaine et j'irai m'amuser pour réparer les sorties qui m'ont manqué. »

Le commis dit, dans son langage de comptoir :

« Ce pingre de patron, qui augmente tous les jours sa fortune et qui a eu toutes les peines du monde à *se fendre* de dix Louis-Philippe. Mais je

le reprendrai au demi-cercle. Je vais tous les jours m'en aller une demi-heure plus tôt, et je ferai dans la journée un quart de besogne de moins. »

Ainsi, à ce jeu-là, personne ne gagne ; le supérieur perd de l'assiduité, et l'inférieur l'occasion d'être reconnaissant !

XXVI

Les employés.

E jour de l'an de-
vrait être une belle
solennité pour les
employés. Ils vont
ce jour-là, en habit noir, offrir
leurs compliments au ministre, et
reçoivent en échange une gratification et quelquefois de l'a-
vancement ! Mais la gratification ne leur semble jamais assez
grosse, et l'avancement n'est à
leurs yeux qu'une faveur méri-
tée. Pourquoi se réjouiraient-ils!
Le ministre seul, bien différent en cela des

autres donneurs, n'a rien à regretter. En effet, il ne tire rien de son propre fonds, c'est le budget qui fait tous les frais de sa générosité !

Mais si le budget pouvait parler ! Il est vrai que les contribuables crient très-fort pour lui, mais on n'a pas l'habitude de les écouter !

Conclusion.

Au revoir, cher lecteur ! ma tâche est terminée.
Puisse mon cadeau du jour de l'an vous plaire !
Soyez sûrs que je ne regretterai jamais de vous
l'avoir fait.

Si vous ne le trouvez pas trop pauvre, per-
mettez-moi de vous convoquer tous à une nouvelle embrassade pour l'année prochaine.

Et Dieu vous tienne en joie !
Bonsoir !

Signature de l'auteur.

TABLE.

FIN DE LA TABLE.

Physiologie
DE LA CHARADE,

DU LOGOGRIPHE

ET DU REBUS.

avec 

UN VOLUME ILLUSTRÉ PAR H. EMY.

300 dessins.

têtes de page, culs-de-lampe, lettres ornées, etc.

Prix : 1 franc.

PHYSIOLOGIE
de l'opéra
ET DU CARNAVAL.

UN VOLUME ILLUSTRÉ PAR H. EMY,

110 dessins, têtes de page, culs-de-lampe, etc.

prix : un franc.

148

9 782016 186404